Château de Montesquieu (à la Brède)

Les voila..... ce manoir aux gothiques tourelles
Entouré d'un grand lac et flanqué d'crineaux
Qui vomissaient la mort..... mais où les hyrondelles
Suspendent leur berceaux......

Pierre de la Brède _ Ch. IV.

Ma mère......

ESSAIS DE POÉSIE,

DÉDIÉS

AUX MÈRES,

PAR

UN JEUNE BORDELAIS,

Élève en Médecine.

Chaque genre a son ton, sa teinte et sa nuance.
Trad. d'Horace (Art p.)

Le produit de cet Ouvrage est destiné au soulagement d'une mère infortunée.

A BORDEAUX,

DE L'IMPRIMERIE ET LITHOGRAPHIE DE HENRY FAYE,
RUE DU CAHERNAN, N.º 44.

JUIN 1833.

DÉDICACE

AUX MÈRES....

———————

Hommage de Reconnaissance

A mes deux Amis,

Messieurs DANÈDE, chirurgien interne à l'Hôtel-Dieu de Bordeaux,
et A. PENET, notaire à Genobles.

———————

Qu'une larme de mère arrose un peu le cœur

De l'enfant effrayé...... soudain fuit sa terreur !.

Qu'une larme de mère, un soupir de tendresse,

Un rien, un doux sourire, une seule caresse,

Viennent de l'infortune enchaîner la rigueur !...

O vous qui daignerez parcourir cet ouvrage,

Mères aux tendres cœurs !... ah ! plaignez mon partage,

Souriez un instant à celui dont la voix

Redemande une mère, et pardonnez son choix,

S'il a de ses accens osé vous faire hommage !

Pardonnez, pardonnez son enfantine erreur,

Si, troublé par l'excès d'une juste douleur,

Il s'est cru, l'insensé ! possesseur d'une lyre,

Poëte ou nourrisson d'une Muse !... O délire !

O chimère du vrai !... trompeuse vision,

Sur mes yeux désillés verse l'illusion,

Inspire mes accens..... inspire ma misère;

Je suis poëte, moi..... car je n'ai plus de mère ! !

La peine, les chagrins, les soucis, les regrets

M'ont prêté leurs accords à l'ombre des cyprès,

Ce jour où le Destin, charmant ma rêverie,

Me guida vers ces lieux..... asile où mon amie,

Où ma mère est restée ! !... Hélas ! un long sommeil,

Un vague déchirant, une nuit sans réveil

La couvrit de son voile.... Une froide rosée

Inonda tout mon être, et la terre arrosée

Exhala de son sein ce souffle inspirateur

Qui dit à l'orphelin : « Raconte ton malheur ! »

J'ai pleuré !... quatre hivers de leur froide influence

Ont flétri ma jeune ame et ma frêle existence ;

J'ai pleuré !... L'harmonie, enfant chéri du ciel,

M'a présenté la coupe, où quelquefois le miel,

Versé bien lentement par la douce espérance,

Sait, du fils malheureux tempérant la souffrance,

Tarir l'amer calice où séjourna le fiel !

J'ai pleuré..... Mais enfin, en dépit de l'envie,

A longs traits j'ai puisé, dans la coupe de vie,

Le baume salutaire au perfide poison

Dont le suc homicide irrita ma raison !...

J'ai pleuré.... j'ai pleuré.... Puis, j'ai mêlé mes larmes

Aux larmes d'une mère, et savourant les charmes

D'un bienfait ignoré, je chante les malheurs

D'une veuve expirante et d'orphelins en pleurs !!...

Et vous, tendres amis, dont la voix généreuse

A daigné me promettre une existence heureuse,

Des jours, des mois, des ans, quand je voyais déjà

La mort, la pâle mort, me dire : Me voilà !

O toi, censeur discret des fautes de ma vie,

Guide habile, indulgent ; toi, dont le cœur n'envie

Qu'un seul bien.... le secret, que tu ravis aux cieux.....

Celui de conserver les jours du malheureux,

Celui de soulager, d'adoucir la souffrance

Du malade afflige, qui pleure l'espérance;

Celui de secourir le honteux indigent,

Ou l'enfant isolé, sans toit et sans parent,

Cher DANÈDE, mon luth, écho de ta belle ame,

A crié dans le monde, et par ses vers réclame

Pour celle qui, dans toi, sut rencontrer toujours

Les soins de l'amitié, des avis, des secours!...

Mais laisse aussi mes vers, interprètes fidèles

De tes vœux assidus, s'abriter sous tes ailes

Et trouver, au besoin, asile protecteur

Contre ce trait qui blesse.......... arrête le censeur!.

Et toi, dont l'amitié sut dissiper ma peine!

Toi, qui sus enchaîner le pouvoir qui m'entraîne,

Partager et comprendre un mot, un souvenir !

Accepte ces accens que mon cœur vient t'offrir ;

Hommage mérité, que la reconnaissance,

Muse que je chéris, dicte à ma souvenance !...

Ces accens te diront.... Oh ! songe à revenir,

Charme de mon destin le pressant avenir !

Quitte quelques instans la rive fortunée

Où bien souvent, vers toi, ma voix abandonnée

Au souffle diligent d'un zéphyr amoureux

Va du ciel Dauphinois attendrir les beaux lieux !

Écoute chaque soir sur le bord solitaire

Que baigne mollement la belle eau de l'Isère,

Écoute..... et puis bientôt soupirant à ton tour,

Que zéphyr, voyageur, m'annonce ton retour !

MAGDALÉNA,

ou

LA PAUVRE CATALANE,

RENCONTRÉE PAR MOI DANS LES RUINES DU CIMETIÈRE,

Le 4 Juillet 1833, à dix heures du soir.

Le 30 Juillet 1833.

ÉLÉGIE.

C'EST un cri maternel !... une plainte !... Il est nuit ! !

Tout repose en ces lieux, tout se tait, tout sommeille !

Mais une voix gémit.... Est-ce une ame qui veille ?

Est-ce une ombre qui fuit ?....

I

Il est nuit !... Mais là-bas..... sous le calme flambeau

Qui verse la lueur de sa robe argentine

Sur le soliveau nu d'une antique ruine,

J'aperçois un berceau !

J'aperçois une femme et trois petits enfans !

Ils sont déguenillés, à genoux sur la pierre ;

Tous trois infortunés disent une prière.....

J'écoute.... je l'entends !

Ils invoquent tous trois la mère du Chrétien ;

Lui disent : « Vierge sainte, ô céleste Madonne !

« Ah ! prends pitié de nous.... de nous qu'on abandonne,

« De nous qui n'avons rien !...

17.3.

Bernard pinxt et delt   Lith. de Feije à Bordeaux

Je suis un orphelin! Moi je n'ai pas de mère
Je n'ai pas un ami, je suis seul ici bas ;
Tout seul, car j'ai perdu mon seul trésor, mon père
Passant regardez-moi ne me repoussez pas.

Le petit Orphelin . ax ap.

« Conserve notre mère..... épargne-lui le sort

« Qui, l'autre jour, frappa notre malheureux père,

« Que deux méchans amis ont caché sous la terre,

    « Disant qu'il était mort !....

« Conserve notre mère..... Ah ! donne-lui du pain !

« Depuis trois jours entiers elle est sans nourriture !

« Donne-lui ce que prend l'oiseau pour sa pâture,

    « Car notre mère a faim !

« Donne-lui la santé, qui promet le revoir ;

« La force, qui pourra soutenir son courage ;

« O Vierge, dont toujours la protectrice image

    « Rassure notre espoir !

« Ah ! donne-lui du lait pour nourrir Marcelin,

« Ce cher petit ami, ce pauvre petit frère !

« O puissante Marie !..... ah ! sauve notre mère,

« Ne fais pas d'orphelin » !!

Ils disaient..... ces enfans ! Mes yeux, noyés de pleurs,

S'élevaient vers le ciel ; et mon ame attendrie,

Et mon cœur, et ma voix s'exhalaient vers Marie

Comme un parfum de fleurs !

Et j'entendis bientôt un concert de soupirs,

Les pleurs de Marcelin encore à la mamelle,

Les accens prolongés de la voix maternelle,

Le souffle des zéphyrs !

Je sonde le chemin, je m'avance en tremblant,

Je regarde..... ô Destin !.... Ciel ! je vois une mère

Victime du devoir èt mourant de misère

Pour un dernier enfant !

Son sein est palpitant..... et, malgré ses sanglots,

Elle donne à son fils et son lait et ses larmes,

L'assoupit et l'endort, puis, recouvrant ses charmes,

Elle exhale ces mots !....

« Hélas ! je vais mourir sous un ciel étranger !

« Sous un pâle soleil, bien loin de ma patrie !

« Hélas ! je vais mourir loin de cette Ibérie

« Où j'étais sans danger !....

« O belle Catalogne ! ô toi, mon doux berceau !

« O toi, qui m'as vu naître... hélas ! loin de ta rive,

« Magdaléna gémit, et sur ce sol, plaintive,

« Voit s'ouvrir son tombeau ! !

« O patrie !... ô patrie !... Adieu, brillant soleil !...

« L'astre de la détresse éclipse ta lumière !

« Adieu ! je vais mourir.... je ferme ma paupière !

« Pour moi plus de réveil !..... »

Mais, ciel ! au même instant mon œil s'est arrêté

Sur un nuage d'or, et la voûte azurée

S'entr'ouvrant, j'aperçois au bord de l'empyrée

La tendre Charité....

La tendre Charité.... baume consolateur,

Du plus sublime amour fidèle messagère,

A, sur Magdaléna, de son vrai cœur de mère

Fait couler le bonheur !....

MES SOUVENIRS!

OU

PETIT POÈME EN CINQ CHANTS,

SUR MON VOYAGE A LABRÈDE,

Le 24 Juin dernier, jour du couronnement de la Rosière!...

CHANT PREMIER.

LE DÉPART!

Il fait jour! le soleil a dissipé l'aurore,

Et ses rayons naissans pompent le miel des fleurs,

Dont le pistil doré laisse briller encore

La rosée et ses pleurs!

Il fait jour ! la chaleur appelle sous l'ombrage

Le rossignol fidèle à ses chères amours !

Il fait jour ! et la brise agite le feuillage

Au duvet de velours !

Il fait jour ! et j'entends le grand chemin qui tremble

Sous les pas cadencés des chevaux haletans !

J'entends claquer le fouet, ce signal qui rassemble

Les voyageurs partans.

Il fait jour ! l'azur brille.... un souffle d'espérance

Nous retrace la fin de notre heureux projet....

Nous partons..... oublions la pénible souffrance

Du cahoteux * trajet !

* Néologisme.

Oublions la chaleur, oublions la poussière,

Oublions le retour..... pensons à nos plaisirs,

Au bonheur de revoir encore une Rosière

Vierge aux chastes desirs !

Déjà le postillon a comblé notre attente,

Exaucé nos souhaits..... car ses coursiers fougueux

Emportent au galop, sur la route bruyante,

Le char-à-banc poudreux !

Déjà nous découvrons le clocher du village

Où du grand MONTESQUIEU se tressa le berceau,

Et notre œil se promène autour du paysage

De ce noble hameau !

Déjà nous atteignons la ligneuse barrière

Où chaque voyageur doit payer son tribut

Au pauvre casanier debout près de l'ornière

Qui nous conduit au but!...

CHANT II.

ARRIVÉE A LABRÈDE.

TRISTE RENCONTRE, TRISTE SOUVENIR !....

***

C'EST donc ici Labrède, où la volonté sainte

De l'humble charité s'exécute en ce jour !

C'est ici que le bien se couronne sans crainte :

O fortuné séjour !

C'est ici que naguère, aux cris de la détresse,

Vint s'affliger mon cœur...! C'est ici.... car voilà

Ce mur..... enclos muet.... antre de la tristesse !...

Le cimetière est là !!...

Le cimetière est là..... Ciel! pourquoi ma paupière

A-t-elle vu la tombe où je vins récemment,

Messager de douleur, auprès d'une Rosière

Ravie à son amant ? *

Le cimetière est là !... son aspect me pénètre,

Absorbe ma gaîté, dissipe mon bonheur !

Vains plaisirs, vous naissez..... mais c'est pour disparaître

Comme la jeune fleur !

* Voyez l'Élégie n.° 1.

Notre char roule encore, et lentement se traîne,

Retenu par les flots des nombreux paysans :

Tel, vaincu par les vents, l'esquif suit avec peine

Les paisibles courans !

Je détache, en passant, une feuille du saule

Qui borde le chemin.... Je rêve l'avenir !.....

Car rien ne me sourit..... Non, rien ne me console

Comme un doux souvenir !

Nous arrivons enfin, et descendant du coche,

Nous marchons sur les pas des autres voyageurs ;

Mais, Ciel ! le triple glas que répand une cloche

Réveille mes douleurs !

Au son lugubre et sourd, qu'un sombre écho répète,

S'unit le bruit confus du peuple qui se meut ;

Des larmes, des sanglots poussés un jour de fête,

Oh ! mon ame s'émeut !

Je quitte mes amis, et chagrin je pénètre

Dans le temple où tout parle et de peine et de deuil !

Là, mon œil inquiet est prompt à se repaître

Du sapin d'un cercueil !

Tout auprès de la croix, à genoux sur la pierre,

Le cortège attristé semble accuser la mort ;

Et moi, mêlant mes pleurs à leur humble prière,

Je dis...... Voilà mon sort !

Non loin est une fille..... elle appelle son père,

Ravi l'autre matin à ses soins, à ses vœux !

Comme elle...... infortuné! moi, j'appelle ma mère,

Moi, fils trop malheureux !

Ce lugubre spectacle inspire une élégie *

A mes sens attristés...... je trace quelques mots,

Symboles du chagrin, de la mélancolie,

Des cris et des sanglots !

Je fuis ces tristes lieux, je m'empresse à rejoindre

Le compagnon qui sait partager mon effroi;

Je l'approche, et soudain ma peine semble moindre,

Il calme mon émoi !

* Voyez l'Élégie n.° 2.

Il calme mon émoi..... lui dont le cœur paisible

Modère les élans de mon cœur chaleureux ;

Lui, dont l'habile main, lui dont l'ame sensible

Venge le malheureux !

CHANT III.

LA ROSIERE.....

LA RESSEMBLANCE ET LES REGRETS !

ou

SOUVENIR D'UN VOYAGE A PAUILLAC,

Le 1.er Mai 1833.

Aux pleurs du désespoir, aux voix, aux chants funèbres,

Ont succédé des cris de joie et de plaisir :

Tel succède le jour aux plus sombres ténèbres,

A l'aquilon le doux zéphyr !

Au son lent et plaintif du bronze solitaire

Succèdent la volée et le gai carillon ;

Aux soupirs prolongés, aux plaintes funéraires,

Le joyeux violon !...

Au long crêpe de mort, à la noire tenture,

Succèdent des lauriers, des couronnes de fleurs ;

Au cercueil, à l'encens, un trône de verdure

Ceint de blanches couleurs !

Au cadavre glacé, privé de vie et d'ame,

Succède une beauté, vierge aux célestes yeux ;

A l'affligeant cortège, une foule qu'enflamme

Un transport curieux !

A ma mélancolie, à ma juste tristesse

Succède l'intérêt qu'inspire la candeur !

Je contemple à loisir celle dont la sagesse

Mérite tant d'honneur !

Je contemple à loisir, sur un siège modeste,

La timide Rosière, aux longs regards touchans ;

Sa main porte avec grace un sceptre, emblême agreste,

Un bel épi des champs !

Je distingue à ses pieds deux vierges couronnées ;

Deux Rosières aussi, ceintes d'un voile blanc ;

Vierges que leurs vertus, les deux autres années,

Mirent au premier rang !

Deux suivantes enfin, modèle de leur âge,

Étaient à ses côtés pour répondre à ses vœux,

Honneur attribué toujours à la plus sage

Du canton vertueux!

Sur l'autel j'aperçois le bluet, l'églantine,

Qui forment la couronne aux paillettes de feux,

Où de l'astre du jour l'auréole argentine

Vient caresser mes yeux.

Mais, sur le saint parvis, l'ange de la prière,

Le ministre du ciel, chante l'hymne sacré,

Bénit trois fois le peuple et la chaste Rosière,

De son doigt consacré;

Et montant les degrés, où du saint Évangile,

Chaque semaine, au peuple il vient prêcher les lois,

Il tient le testament du Donateur habile,

Le lit à haute voix !

Alors la Châtelaine, après le sacrifice,

Couronne la Rosière et lui met dans la main

Une bourse d'argent, selon l'heureux caprice

Du testateur humain ;

Enfin, un magistrat, le maire du village,

Lui présente le bras, sourit à son regard,

Et la conduit ainsi, selon l'antique usage,

Au plus ancien vieillard.

La Rosière à son tour, fière de sa couronne,

Suit le guide obligeant qui dirige son cœur,

Salue avec respect le vieillard, et lui donne

L'épi, gage d'honneur !

Hommage mérité par la sage vieillesse

Dont les sueurs, les soins, les veilles, les travaux

Surent doter les champs, accroître la richesse

Des fertiles coteaux !

Le vieillard prend l'épi, le contemple.... et des larmes

Viennent mouiller ses yeux..... Il rêve l'avenir,

Il jouit du présent, et savoure les charmes

D'un bien long souvenir !

Sans penser à ses ans, il marque la cadence,

Il trépigne de joie ; et son pas affaibli

Prenant de la vigueur, il s'agite, il s'élance

Comme s'il n'eût vieilli !

Sa voix que cent hivers ont éteinte et cassée,

S'unit avec justesse au son du tambourin,

Au son de la musette, et son ame empressée

Répète le refrain !

On se foule, on se presse autour de la Rosière,

Chacun veut lui parler ou lui jeter des fleurs ;

Ce concours m'attendrit et force ma paupière

A s'humecter de pleurs !

Je veux la voir aussi, je veux toucher sa robe ;

Je m'avance, et, malgré les flots des curieux

Dont le torrent l'entraîne et bientôt la dérobe

    A l'ardeur de mes vœux,

Je la vois...... et ses yeux, et ses cheveux d'ébène,

Son voile au blanc d'azur et son regard piquant

Où le souffle amoureux des brises de la plaine

    Se repose en passant ;

Et son sein qui palpite, et sa taille jolie,

Tout rappelle à mon cœur le charme fugitif

Qui berça mon espoir, lorsque je vis C....ie

    En un léger esquif !!....

Mais pourquoi, juste ciel ! le chant du saint cantique,

La parole du Prêtre, et ses graves accens

Que répète l'écho sous la voûte gothique,

Affligent-ils mes sens ?

Pourquoi, toujours en butte à la sollicitude,

Mon esprit rêve-t-il un malheur incertain ?

Pourquoi, par mon chagrin et mon inquiétude,

Devancer mon destin ?...

Ah ! je le sais trop bien ! !.... C'est que ma bonne mère,

Dans un temple pareil, fit ses derniers adieux !...

C'est que bien loin de moi languit mon tendre père

Que la peine rend vieux !

Aussitôt le courage et l'espoir m'abandonnent,

Un trouble me saisit ; tout seul je veux partir.....

Pour moi, plaisirs, gaîté, charmes qui m'environnent,

    Viennent se démentir !

Mais, sur le seuil du temple, un ami de l'enfance,

Compagnon de souci, compagnon de bonheur,

Modère mon délire, absorbe ma souffrance,

    Éclipse ma terreur !....

Sa douceur, sa bonté dissipent ma tristesse ;

Il distrait mes pensers, il flatte mon espoir ;

Je cède à ses desirs, et lui fais la promesse

    De rester jusqu'au soir !

Alors il me conjure et m'engage à lui dire

Mes accens inspirés par l'amour ou le deuil ;

Une ode, une élégie, et même il veut relire

Les vers de mon recueil !

Il m'anime...... et soudain je convoque ma muse,

Je fais vibrer ma lyre aux accords langoureux ;

Je soupire des sons ; la poésie amuse

Mon génie amoureux !

Près de lui promenait un jeune homme ; il l'appelle,

Et tous trois nous allons vers le champ parfumé,

Où l'amant favori fait danser à sa belle

Le rondeau bien-aimé !

Sur le gazon touffu, sous un noyer perfide,

Une mère, un enfant reposaient sans frayeur,

Quand ma voix aussitôt vint de l'arbre homicide

Leur dire la rigueur !

Mais, bien loin de répondre en actions de grace

A l'ami généreux qui prévient leur malheur,

Rebelles à sa voix, ils restent à leur place

Et méprisent son cœur !

Alors je me retire, et près de l'eau limpide

Qui doucement murmure au détour du buisson,

Je vais charmer mon œil de la course rapide

De l'insecte poisson ! *

* Insecte dit *le cordonnier*, qui glisse sur l'eau.

Je vais..... Ciel ! une balle a percé le feuillage ;

A sillonné les airs, a sifflé près de moi ;

Je frémis et je fuis à l'instant le rivage,

Témoin de mon effroi !

Je retourne à Labrède, où je revois encore

La foule s'agiter, aller et revenir,

Comme on voit les oiseaux, au lever de l'aurore,

Gazouiller et s'enfuir !

Je veux voir la demeure où l'homme de génie,

Où Montesquieu le grand approfondit les lois ;

Je veux lui dédier les chants que l'harmonie

Va dicter à ma voix.

CHANT IV.

VOYAGE

AU CHATEAU DE LABRÈDE.

HEUREUSE RENCONTRE

ET HONORABLE CONNAISSANCE QUE J'Y FAIS.....

Midi sonne..... il est tems ! Il faut nous mettre en marche,

Partons, amis, partons pour l'antique castel

Respecté par le tems , révéré comme l'arche

Par les fils d'Israël !

Partons, allons jouir de ce coup-d'œil champêtre ;

Allons voir ces jardins, allons voir ces forêts,

Ces champs aux blonds épis ; allons voir le vieux hêtre

Aux rustiques attraits !

Allons.... Mais, près de nous, déjà brille et s'élève

La crête du donjon, asile du beffroi !

Quel souvenir soudain me transporte et m'enlève

Bien loin..... bien loin de moi !

Le voilà ce manoir aux gothiques tourelles,

Entouré d'un grand lac et flanqué de créneaux

Qui vomissaient la mort, mais où les hirondelles

Suspendent leurs berceaux !

Le voilà ce château..

....

....

....

Le voilà ce château..... Là , maintes jouvencelles

Inspirèrent les chants des jeunes troubadours

Qui , sur un luth plaintif, soupiraient pour leurs belles

L'hymne de leurs amours.

Foulons ce pont-levis, qu'une gent ennemie

N'eût autrefois touché sans frissonner avant ,

Et visitons enfin la dépouille endormie

Où veilla le savant.

C'est ici.... quels pensers... quels transports... quelle flamme

Embrasent mon génie, attendrissent mon cœur !

O quelle souvenance électrise mon ame

De son souffle enchanteur !

Quel respect me saisit en voyant ces peintures

Qui tapissent la voûte où veillent les échos !

J'aime à voir les cuissarts, les casques, les armures

Que portaient les héros.

Recevez le tribut de ma reconnaissance,

O vous, francs chevaliers, hôtes de ces beaux lieux !

Salut, cendre fidèle à l'honneur de la France ;

Salut, nobles aïeux !

Salut, couche modeste, où dormit le grand homme !

Salut, chenets de fer ; salut, chaises de bois ;

Salut, âtre creusé que l'histoire renomme ;

    Salut, pieuse croix !

Salut, médaille en bronze, où son buste rayonne ;

Salut, vases de fleurs ; salut, verre grossier ;

Salut, simple portrait de la sainte Madonne ;

    Salut, brin d'olivier !

Mais une voix me dit : « Poëte, prends ta lyre,

« Laisse ton souvenir sur cet *Album* usé ;

« Écris ce que l'amour ne saurait jamais dire

    « A ton cœur abusé ».

J'écoute..... je regarde, et je vois sur la table

L'encrier et la plume au talent consacrés ;

Mais un jeune inconnu tient l'*Album* respectable

Aux feuillets déchirés.

Je l'aborde aussitôt.... et je lui dis : « De grace,

« Daignez me confier ce précieux livret !.... »

Il se rend à mes vœux, m'offre même sa place

Avec son tabouret.

J'accepte, ivre de joie et de reconnaissance,

Cette offre officieuse, et j'ouvre en l'embrassant

L'*Album* où l'étranger qui visita la France,

S'inscrivit en passant ;

Puis, j'y trace ces vers, où ma muse novice

Ose mêler sa voix au concert enchanteur

Des échos inspirés, qui font rougir le vice

Et triompher l'honneur......

. . . .

« Une rose se fane après un jour de vie........
« Mais la fleur du destin, l'immortelle aux yeux d'or,
« Conserve son éclat..... Tel ton nom vit encor
« Quand le sort a frappé ta cendre ensevelie
« Sous les heures du tems, ô toi dont le génie,
« Éclairant l'Univers, sut lui dicter des lois,
« Illustre MONTESQUIEU, l'honneur de ta patrie,
« La superbe Albion a buriné ta voix!.... »

Je crayonne au-dessous de cette humble épigraphe

Mon nom, que le malheur se plut à célébrer,

Et que, dans quelques mois, une froide épitaphe

Au deuil va consacrer.

Je rends à l'inconnu l'*Album* dépositaire,

En lui disant : « O vous, qui viendrez l'an prochain

« Visiter ce pays, ah ! si vous êtes père,

« Pleurez sur mon destin » !

Je me retire alors en proie à la tristesse

Que semblent partager mes deux tendres amis :

Ils m'aident à chasser le trouble qui me blesse

Et cause mes ennuis.

Nous suivons le sentier qui mène sous l'ombrage

Des chênes que planta la main de MONTESQUIEU,

De ces chênes âgés, la gloire du bocage,

Les aînés de ce lieu.

Et bientôt arrivés dans une vaste arène

Que la nature un jour se plut à façonner,

Notre œil sonde à l'envi six sentiers que la plaine

Nous semble contourner.

Nous errons quelque tems, quand l'emblême terrible

D'un funeste avenir vient rappeler mon sort ;

Car je vois à mes pieds.... rapprochement pénible !

Un jeune arbuste mort.

Je laisse aller mon ame à de vagues images,

Je contemple des cieux le portique serein,

Et je dis : « O mon Dieu, j'adore les ouvrages

« Qu'édifia ta main » !

Je regarde, rêveur, la feuille fugitive

Qu'entraîne sur le sol le folâtre zéphyr ;

Au terme de mes jours, ainsi bientôt j'arrive

Sans un doux souvenir !

Enfin nous saluons l'enceinte consacrée

Où reposent en paix les pères du hameau ;

Et, quittant à regret leur cendre révérée,

Je rêve le tombeau !

CHANT V.

LE RETOUR DU CHATEAU.

RENCONTRE D'UN AMI.

LE LAC. — LE PRESSENTIMENT. — LE DÉPART.

La brise se réveille et rafraîchit l'ombrage,

J'entends le chalumeau soupirer dans les bois;

Philomèle gémit et remplit le feuillage

Des plaintes de sa voix !

Le pâtre guide au frais ses brebis altérées ;

J'entends le bêlement de leurs petits agneaux ,

Le noir taureau mugit, et les chèvres sevrées

Broutent sur les coteaux.

C'est l'heure où l'astre Dieu, déposant sa parure,

De ses rayons dorés arrose l'horizon ;

C'est l'heure où le zéphyr, glissant sous la verdure,

Caresse le gazon.

C'est l'heure où nous devons retourner au village ;

Il faut quitter ces lieux.... Hélas ! il faut partir !

Adieu..... forêts, vallons, asile heureux du sage,

Gardez mon souvenir.

Arbres, gardez mon nom que, dans ma rêverie,

J'ai moi-même gravé sur votre vieux contour ;

Adieu ! Si le destin prolonge encore ma vie,

Vous me verrez un jour.

Et tristes, nous suivons la solitaire allée,

Qui s'ouvre devant nous..... mais des saules pleureurs,

De lugubres cyprès inondent la vallée

De leurs rameaux en pleurs.

Nous franchissons bientôt l'humble pont de verdure

Qui dérobe à nos yeux un gracieux ruisseau,

Dont l'onde resserrée en s'échappant murmure

Et mouille le roseau !

Nous mêlons nos soupirs aux soupirs du bocage,

Nos voix aux voix des vents, nos adieux aux adieux

Que chacun des oiseaux nous fait en son langage,

Et nous quittons ces lieux.

Mais, toutefois, avant de rentrer dans Labrède,

Nous voulons visiter le manoir qu'un ami,

Camarade d'enfance, aux environs possède ;

Nous partons..... Mais voici.....

Voici venir là-bas..... ce jeune patriarche ;

Son maintien a trahi sa feinte, son secret.....

C'est lui... non... oui, vous dis-je, oh ! c'est bien sa démarche

Et son regard distrait !

Sans doute, c'était lui, qu'un destin bien propice

Avait guidé vers nous pour combler notre espoir,

Et compenser ainsi le récent sacrifice

Fait à notre devoir.

C'était lui, conduisant sur la route connue

Deux autres voyageurs étrangers au pays ;

Ensemble nous marchons vers la belle avenue

Que borde un long taillis ;

Nous marchons, et bientôt dans une eau cristalline

Nous voyons se mirer l'azur du firmament,

Que Zéphire, échappé des flancs d'une colline,

Effleure doucement.

A travers le feuillage un rayon de lumière

Court, plonge en divergent dans le miroir des eaux ;

Moi, j'endors mes ennuis sur leur bord solitaire

Aux soupirs des roseaux ;

Je suis le papillon, le taon, la demoiselle

Qui vont sucer la fleur au calice doré ;

Je pleure le destin qu'impose l'hirondelle

Au sylphe diapré ;

Et puis nous descendons lentement sur la rive

Où s'offre à notre vue un élégant esquif.....

Soudain, tout près de nous, une voix tendre et vive

Nous dit : « Point de récif !...... »

Nous sautons à l'envi dans la frêle nacelle

Qui creuse un long sillon dans les flots surchargés,

Et, craintifs, nous livrons à la rame fidèle

    Nos cœurs découragés.

Cependant l'espérance écarte un peu nos peines ;

Nous voguons..... ô surprise !... Est-ce un rêve ?... un écho

Trois fois a répété les accens des sirènes

    Qui sont au bord de l'eau.

Je les vois... plus de peur, plus de cris, plus d'alarmes....

Sur le gazon touffu, de riantes beautés,

Vierges aux doux accords, ravissent par leurs charmes

    Nos esprits enchantés.

Leur voix nous dit : « Amis ! abordez le rivage ;

« Venez vous joindre à nous..... Ah ! fuyez le danger ;

« Venez, amis, venez ! Nous sommes sur la plage,

    « C'est pour vous soulager ».

A cet appel touchant s'unit une prière.....

J'ai compris..... C'est un cœur, c'est l'amour alarmé !

Tendre sollicitude, angoisses d'une mère

    Pour un fils bien-aimé.

Pour un fils bien-aimé !... Souvenir ! tu me blesses !

Quand je vois une mère.... Hélas ! pauvre orphelin !

Moi, j'appelle la mienne et ses chères caresses,

    Victimes du destin !

J'appelle.... et nulle voix ne répond pour ma mère ! !...

Tu l'as ravie, ô ciel !... Soumis à tes décrets,

J'endure mon malheur, et dans le sein d'un père

J'épanche mes regrets.

Nous abordons enfin ; et la feuille amoureuse

D'un pampre verdoyant, qui se courbe en berceaux,

Et des jeunes beautés la grace langoureuse

Assoupissent mes maux.

Je retrouve en ces lieux une mère adoptive,

Des frères et des sœurs, tous hôtes généreux ;

Mais un triste penser bouleverse et captive

Mon esprit vaporeux !

4

Je salue à l'instant la plage protectrice,

Ces bosquets, ces beaux lieux inconnus au malheur,

Et, chagrin, je me livre au bizarre caprice,

Source de ma douleur !

Déjà le roulement des tambours de la fête

Succède au doux concert qui charma mon loisir :

Tel succède l'orage, enfant de la tempête,

Au souffle du zéphyr.

Déjà des tourbillons d'une blanche poussière

Que font voler au loin les cornes des chevaux,

Succèdent au duvet que sème la bruyère

Sur le bord des ruisseaux.

Déjà j'ai de Labrède exploré l'étendue ;

Déjà le bruissement de son peuple empressé

Accroît les noirs soucis de mon ame éperdue,

De mon cœur oppressé.

Mais ma voix et mon luth, inspirés par la crainte,

Adressent leurs adieux aux Lares du hameau,

Et je trace, en partant, une longue complainte

Qui me servit d'écho. *

* Voyez l'élégie N.° 3 , page 60.

ELLE EST MORTE !... LA JEUNE FILLE !

ÉLÉGIE

A Mademoiselle Virginie G.,

Couronnée Rosière le 24 Juin 1830, et morte le 24 Mai 1833, au moment de se marier avec un de mes amis.

SUR SA TOMBE, LE 28 MAI 1833.

I.

ELLE est morte, la jeune fille !

Elle est morte au printems, dans la saison des fleurs !

Elle est morte à vingt ans.... Elle est morte... ô douleurs!

O coup fatal pour sa famille !

Elle est morte, hélas ! et déjà

Son cadavre glacé sous la terre repose....

Elle est morte, et sa vie, emblême de la róse,

S'est évanouie..... Elle est là !!

Elle est morte comme la tige

Brisée au point du jour par un froid aquilon,

Elle est morte.... et sa mère est allée au vallon

Dire le malheur qui l'afflige !

Elle est morte.... Déjà ses yeux,

Plus brillans que l'azur, sont couverts d'une toile....

Elle est morte, et ses jours ont fui comme une étoile

Qui brille et disparaît aux cieux !

Elle est morte.... quand la nature

De ses nombreux trésors enrichit le hameau,

Quand le pampre fleuri parfume le coteau,

Quand l'hymen revêt sa parure !

Elle est morte.... et sur son tombeau

Un homme vient prier ; c'est son ami fidèle,

Son amant qui gémit, qui la veut, qui l'appelle :

Elle est morte....., lui dit l'écho !!

Elle est morte !! pleurez, compagnes....

Pleurez, et sur sa tombe allez jeter des fleurs ;

Pleurez, et les amours uniront à vos pleurs

Leurs cris que diront les montagnes !

Elle est morte..... Mes souvenirs

Souvent iront veiller sur son froid mausolée....

Souvent ma faible voix ira dans la vallée

Exhaler ses profonds soupirs !

Elle est morte..... hélas ! elle est morte....

Mais elle vit au ciel, terme de son espoir ;

Bientôt, bientôt, je sais, mon ame ira la voir....

Elle est morte..... hélas ! elle est morte !!!

L'ORPHELINE

A l'enterrement de son Père.....

A Labrède, 24 Juin 1833.

ÉLÉGIE.

II.

J'ENTENDS des cris, des plaintes, des sanglots....

Le temple saint sous sa voûte raisonne ;

Mon sang se glace et tout mon corps frissonne,

Comme l'enfant tremble au fracas des flots !

J'entends mugir les funèbres portiques

Où le torrent d'un peuple curieux

Vient dérouler son cours impétueux

Sur les degrés des chapelles antiques !

Un voile obscur, un voile de douleur

Pare l'autel de la mort inhumaine,

Et des flambeaux la clarté souterraine

Blanchit la croix de sa pâle lueur !

Un chant de mort a frappé mon oreille,

A rappelé mes cuisans souvenirs,

Et de mon cœur devançant les desirs,

A réveillé ma lyre qui sommeille !

L'encens sacré s'élève vers les cieux ;

L'hymne du deuil et le souffle sonore

De l'instrument que l'ébène décore,

Viennent aussi remplir ces tristes lieux !

Mais je veux voir d'où partent les alarmes,

Les pleurs, les cris, les sanglots, la douleur,

Qui de mes sens excitent la terreur,

Qui de mes yeux font ruisseler des larmes !

Je veux toucher le sinistre manteau,

Qui du cercueil me décèle l'image,

Je veux toucher le glacé sarcophage

Qui, dans un an, sera mon seul berceau !

Mais, ciel! que vois-je?... Hélas! échevelée,

Pâle, abattue, en butte à son malheur,

Une orpheline, une femme, une fleur

Languit pareille à la rose effeuillée!...

Une orpheline..... ah! je suis orphelin!

Moi, j'ai perdu la plus tendre des mères.....

Elle a perdu le plus tendre des pères.....

Pauvre orpheline!.... ah! je suis orphelin!!

L'INQUIÉTUDE.

A Labrède, le 24 Juin 1833.

ÉLÉGIE.

III.

Je ne sais quels pensers, je ne sais quel délire,

Viennent briser mon cœur, le peiner, l'assaillir.....

Je ne sais ce que j'ai.... je ne saurais le dire ;

C'est un vague, je crois, pénible à définir !...

La crainte, les soupçons, avant-coureurs funèbres

De quelque grand malheur, ont voltigé sur moi....

J'ai senti le frisson courir dans les ténèbres

Et suivre tout mon corps en le glaçant d'effroi !

Une ombre m'a voilé les cieux, leur diadême ;

Une nuit imprévue a rallumé mon mal.....

J'ai versé quelques pleurs..... J'ai lu dans cet emblême,

Pressentiment funeste et souvenir fatal !

J'ai pensé que mon père, en proie à la souffrance,

Gémissait, quand son fils, au foyer du plaisir,

Oubliait ses devoirs, et la reconnaissance

Qu'il doit au seul ami, son plus cher avenir !

J'ai pensé que peut-être, inquiet, mécontent,

Il appelait ce fils dans sa douleur amère,

Lui, que le ciel frappa d'un chagrin bien récent,

En frappant son épouse, hélas! ma bonne mère!

J'ai pensé que déjà mes compagnes, mes sœurs,

Appelaient, en pleurant, leur seul ami, leur frère,

Pour calmer leurs tourmens, partager leur douleur!

J'ai frémi..... mais j'ai dit : Grand Dieu, sauve mon père!

Et vîte la gaîté, ce parfum du jeune âge,

Qui dure à peine autant que celui d'une fleur

Que l'aurore un matin a prêtée au bocage ;

La gaîté m'a laissé jouet de ma terreur!

Vîte j'ai salué le village propice

Aux accords de mon luth ! J'ai quitté le hameau,

Entraîné par la voix du barbare caprice

D'un sort dont l'agonie est le dernier écho !...

Hymne à la Vierge,

Pour obtenir la guérison de mon père.

26 Juin 1833.

O TOI, qui bénis l'orphelin,

Marie ! exauce ma prière,

Conserve les jours de mon père,

A ses douleurs mets une fin !

Calme ses maux ; de leur constance

Interromps un moment le cours,

Marie.... Ah ! viens à mon secours

Et prête-moi ton assistance !

Tu connais le culte et la foi

Que rend mon cœur à ton image ;

Marie, écoute mon langage

Et prends un peu pitié de moi.

Que ton pouvoir et ta puissance

Tempèrent les arrêts du sort,

Et qu'à ta voix, la froide mort

Soit déçue en son espérance !

Apaise ma peine et mes pleurs ;

Dissipe les sollicitudes,

Les craintes, les inquiétudes

Que partagent mes jeunes sœurs.

Marie, elles sont consacrées,

Depuis les langes du berceau

Jusques au linceul du tombeau,

Au lin de tes chastes livrées.

Tu sais qu'elles portent ton nom

Dont les dota ma bonne mère.

Bénis mes sœurs.... bénis leur frère,

Toi, qui sus dompter le démon !

Rends la force à mon tendre père,

Lui, qui reconnaît ton pouvoir ;

Lui, qui t'appela son espoir

A la mort d'une épouse chère ;

Rends-lui la vie et la santé,

Rends-lui le repos, le courage.

Pense à mes sœurs, à leur jeune âge ;

Entoure-les de ta bonté.

Alors, ô divine Marie !

Avec mes sœurs, à ton autel ;

J'irai chanter l'hymne éternel,

Chant de la céleste patrie ;

J'irai joncher de belles fleurs

Les saints parvis de ta chapelle,

Et j'entourerai d'immortelle

Ton cœur, source des sept douleurs ;

J'ornerai de vertes guirlandes

La nef où repose ton fils,

Et nos vœux à l'encens unis

Monteront vers toi pour offrandes.

ÉLÉGIE

A Madame C.

Mon Fils n'est plus !

Mon fils n'est plus !.... Mon fils que j'aimais tant

Est mort !!... Ah! sans lui sur la terre

Plus de bonheur !!.... Si je n'ai plus d'enfant,

Que me servait-il d'être mère ?

Mon fils n'est plus !

Mon fils n'est plus ! Les brises de l'automne

Ont frappé mon fils, mes amours !

Plus de baisers..... une froide couronne

Et puis des pleurs.... toujours ! toujours ! !...

Mon fils n'est plus !

Mon fils n'est plus ! Jeune fleur du printems,

Blanc comme un lis qui vient d'éclore,

Comme le lis blessé par les autans,

Il a péri dès son aurore !....

Mon fils n'est plus !

Mon fils n'est plus ! et voilà son berceau

Dont chaque soir, quand j'étais mère,

Tout doucement j'entr'ouvrais le rideau

Pour le laisser voir à son père.........

Mon fils n'est plus !

Mon fils n'est plus ! Mon fils.... mon seul espoir,

De mon hymen précieux gage......

Bien loin.... tout seul... et, sous un marbre noir,

La froide mort est son partage......

Mon fils n'est plus ! ! !....

MON DESTIN.

17 Juillet 1833.

> ....: O Destin, tu m'as ravi ma mère,
> Ravis-moi mes vingt ans !

Quand un sort insensé me jeta sur la terre,

La mort vint voltiger autour de mon berceau ;

Le Ciel se rembrunit, et le feu du tonnerre

Entr'ouvrit mon tombeau !

Une roche livrée à la vague écumante,

Des débris de vaisseaux, un Océan sans fond,

Quelques oiseaux de mer qu'entraîna la tourmente

Sur l'abîme profond ;

De pâles matelots, deux sœurs, enfin mon père

En butte à tout l'excès du plus sublime amour,

Attestent qu'une mère..... une bien bonne mère,

Là, me donna le jour !

Et le même destin, insensible génie,

Créateur de mon être, a gravé la douleur,

Le chagrin, les regrets et la mélancolie

En mon esprit rêveur !

Il a marqué mon ame au coin de la souffrance,

M'a donné pour partage agonie et malheur.......

Il m'a dit, ce destin : « Non , jamais l'espérance

« N'entrera dans ton cœur ».

Je suis né pour gémir, comme l'oiseau timide

Est né pour gazouiller : et, pareil au blanc lis,

Jouet d'une existence éphémère et rapide,

En naissant je languis......

Je languis!.... Et pourquoi? Ciel! je n'ai plus de mère!...

Plus de mère!.... Orphelin! plus de mère à vingt ans!...

Plus de mère!!... ô destin! tu m'as ravi ma mère,

Ravis-moi mes vingt ans !

A C....a

Alma querida de mi corazon.....

VIENS !

19 Mai 1833.

V IENS avec moi sous cet ombrage,

Sous ces acacias parfumés,

Qui, de leurs flocons embaumés,

Tapissent au loin le bocage.....

Viens écouter les doux accens

Que l'amoureuse Philomèle

Tire de son gosier fidèle

Dès l'aube d'un jour de beau tems.

Viens admirer de la nature

Les dons, les produits, les trésors;

Vers Dieu, dirige les accords

De ton ame candide et pure !

Viens avec moi, de ce gazon

Fouler le verdoyant panache ;

Que sur sa tige enlève, attache

La fraîche brise du vallon.

Viens, toi dont la grace m'enchante,

Causer sous ces hauts marrôniers,

Dont les rameaux en balancièrs

Agitent la grappe flottante;

Viens ici, sur ce banc, t'asseoir,

Sur ce banc qu'entoure le charme,

Et que ton cœur exempt d'alarme

Avec mon cœur rêve l'espoir....

Viens... là, nos yeux verront le saule

Dont les pleurs inondent les prés;

Viens, C....ia... viens... viens bien près

Me dire un mot qui me console...

Et quand la cloche du hameau

Aura réveillé le village,

Au Ciel nous rendrons notre hommage

Que lui répétera l'écho !...

LE SYLPHE.

———— ✦ ————

15 Juin 1833.

> L'aile ternie et de rosée humide,
> Sylphe inconnu, parmi les fleurs couché,
> Sous une feuille invisible et timide
> J'aime à rester caché !..
>
> D'Oval.

JE suis le fils de l'atôme volage,

Sylphe de l'air, un rien, une vapeur,

Ombre de l'ame, un souffle, un point de l'âge,

Vestige de la fleur !

Mon corps est frêle et mon aile azurée..

Je suis l'essai d'un sort capricieux,

J'aime à flairer la robe diaprée

Qui tapisse les cieux !

Quand vient le jour, je me cache, je pleure,

Le jour me brûle et trouble mes plaisirs ;

Mais, quand il fuit, je vole à la demeure

Qu'habitent les zéphyrs !

Là, me perchant sur le bout de leurs ailes,

Je vais sucer le calice des fleurs,

Où je m'enivre en emportant loin d'elles

Leurs plus riches couleurs !

Si je m'attache à la tige tremblante

Du nymphéa, j'aime à pomper son miel,

En me mirant dans l'onde transparente

Avec l'azur du Ciel!

J'aime à courir durant les nuits tranquilles

Avec les feux qui brillent sur les eaux;

J'aime à danser autour des jets mobiles

Des nocturnes flambeaux;

Je viens nicher sur la feuille où sommeille

Le papillon plus robuste que moi;

Je le regarde, et sitôt qu'il s'éveille,

Je frissonne d'effroi!

6

Rassasié de parfums de rosée,

Quand mon destin me dit : « Il faut mourir » !

Dans les replis d'une fleur épuisée

Je vais m'ensevelir !

ODE

Sur l'Orage tombé à mes Pieds,

Le 16 Juin 1833, à 7 heures du soir, dans le Jardin-Public.

2 Juillet 1833.

IL vá pleuvoir..... j'entends l'orage,

J'entends le vent dont le sillage

Siffle en grondant le long des airs,

Comme la poupe sur les mers

Crie en pressant contre la plage

Les vagues qu'ouvre son passage!

L'éclair serpente dans les Cieux,

L'autan grondeur est furieux,

La nuit tapisse de ses voiles

Les feux scintillans des étoiles

Qui disparaissent à mes yeux ;

Tel fuit un son harmonieux !...

Le Ciel se couvre, et la tempête,

Roulant sa flamme sur ma tête,

Noircit l'azur du firmament,

Prolonge un long rugissement

Qui de l'éther atteint le faîte

Et que long-tems l'écho répète !

Les vents agitent les rameaux

Des vieux chênes, des arbrisseaux;

La foudre quitte sa sphère,

Descend et vient raser la terre;

Telle la trombe sur les eaux

Se brise et vient grossir les flots!...

Seul, errant, je cherche un asile,

Moi... pauvre enfant, jouet fragile

De cette nature en courroux!

Quand un sort perfide et jaloux

M'entraîne d'une marche agile

Loin des abris qu'offre la ville.

Là, près d'un arbre encor petit,

Voisin de l'orme qui vieillit,

Je crois trouver sous le feuillage

Un sûr garant contre l'orage ;

Quand un éclair soudain jaillit,

Brûle mes yeux, les éblouit !.....

Le Ciel se fend et le tonnerre

Frappe le tronc octogénaire

De l'ormeau dont le bois usé.

Craque, casse, tombe brisé.:...

Tel le roc, en roulant à terre,

Réduit en poudre la bruyère !

Le soufre de sa pâle odeur

Oppresse mes sens et mon cœur !

Je tremble, et mon ame frissonne

Comme la corde qui résonne;

Je pâlis en criant : « Seigneur,

« Seigneur !... sois mon libérateur » !...

Mais déjà, loin de moi, l'orage

Avait fui scellant son passage

Sur l'ormeau par lui fracassé.....

Et le grain par le vent chassé

Portait sur un voisin village

Le feu, la flamme et le ravage !

A C....a.

Alma querida de mi corazon!....

LES FLEURS.

14. Mai 1833.

J'AIME les fleurs, les fleurs, enfans du jour !

J'aime les fleurs, pur emblême de l'ame ;

J'aime les fleurs, leur doux parfum m'enflamme,

Les fleurs parlent d'amour.

J'aime les fleurs, elles sont le symbole,

Du souvenir, de l'espoir, du bonheur,

Des vrais regrets, des soucis, du malheur,

De l'oubli qui désole !

J'aime les fleurs !... J'aime leur coloris,

Leur verte feuille et leur légère tige,

Où vient s'asseoir le sylphe qui voltige,

Où dorment les houris !

J'aime les fleurs aux suaves calices,

Où vient pleurer l'œil éveillé du jour ;

J'aime surtout leur gracieux contour :

Les fleurs sont mes délices !

J'aime les fleurs ! leur brillant incarnat,

De la jeunesse augmente le prestige ;

Et leur fraîcheur , de la beauté corrige

Le fugitif éclat !

J'aime les fleurs, leurs ailes, leur carène,

Leur pédoncule et leur riche étendard,

Que la nature a construits avec art

Et façonnés sans peine !

J'aime les fleurs , leur corole et leur fruit,

Du créateur le chef-d'œuvre, l'ouvrage !...

Les fleurs, les fleurs raniment mon courage

Que mon chagrin détruit ! !

SOUVENIR...

A mon ami Frédérick B.......

ÉLÉGIE.

18 Mars 1833.

Laisse-moi venir sur ta cendre

Porter le tribut de mon cœur;

Laisse-moi venir y répandre

Les flots de ma juste douleur !

Laisse-moi penché vers ta tombe,

En proie à mes chagrins amers,

Comme la timide colombe

Exhaler ma plainte et mes vers !

Laisse-moi graver sur la pierre

Ton nom, le mien, un souvenir

De ta fugitive carrière,

Un mot de ton bel avenir !...

Laisse-moi de notre jeune âge

Rappeler les heureux momens ;

Ils sont passés comme un nuage

Absorbé par la soif des vents !

Laisse-moi t'offrir les symboles

De mon espoir, de mes regrets,

Tracer tes dernières paroles

Sur l'écorce de ces cyprès !...

Lorsque t'offrant en sacrifice,

Aidé du secours de la foi,

Tu pris et vidas le calice

Que le Ciel emplissait pour toi ;

Lorsque ta fervente prière

Montait vers lui comme l'encens,

Et lorsque fermant ta paupière

Tu prononças ces seuls accens :

« Grand Dieu ! Toi qui dans ta justice

« Règles les heures de nos maux,

« Entends ma voix, sois-moi propice,

« Détourne de moi tes fléaux ;

« Puissent bientôt, courbant la tête

« Sous tes immuables décrets,

« Mon cœur devenir la conquête

« Du sang que tu versas exprès !...

« A peine au printems de ma vie,

« De la mort j'accomplis la loi ;

« T'obéir est ma seule envie,

« Grand Dieu ! prends donc pitié de moi...

« Si j'abandonne l'existence,

« Si je fuis les terrestres lieux,

« J'emporte en mourant l'espérance

« De te posséder dans les cieux » !....

Tu disais...... Mais du Ciel entr'ouvrant les portiques,

La chaste légion des Séraphins joyeux,

Chantant en ton honneur leurs célestes cantiques,

Vinrent fermer tes yeux!!!.....

A Madame C......y.

Mon fils !....

10 Avril 1833.

Pourquoi faut-il que le destin contraire

Sur l'autre rive entraîne mon enfant ?...

Quel sacrifice et quel affreux tourment

D'avoir un fils éloigné de sa mère !...

Flatteur espoir , rejeton du bonheur,

Viens ranimer mon ame évanouie,

Comme Zéphire à rose épanouie

Vient rapporter la vie et la fraîcheur !

Viens cette nuit , à l'aide d'un doux songe,

Planant vers moi, pour récréer mes sens,

Montrer mon fils.... Ses baisers , ses accens

Dissiperont le chagrin qui me ronge....

Mais... je m'endors.... Salut, ô doux sommeil!...

Bienfait des cieux ! viens calmer ma souffrance ,

Viens..... qu'ai-je vu ?... la flatteuse espérance !

Elle promet mon fils à mon réveil !.....

7

Elle promet !..... Oui', sa voix me l'assure,

Demain mon fils sera tout près de moi !....

Adieu , sommeil.... Ah ! fuis... éloigne-toi !

Veiller... voilà le vœu de la nature !....

Presse tes pas , char lugubre des nuits ;

Vers d'autres lieux dirige tes ténèbres ;

Va entourer de tes voiles funèbres

Des cœurs chagrins..... Tous mes maux sont détruits !

Voici l'aurore !.... Elle atteint la montagne

Qu'elle vient revêtir des premiers feux du jour.;

Les étoiles dans l'ombre ont glissé tour-à-tour ,

L'aile d'un vent léger caresse la campagne !.....

Il fait jour !... Bientôt va venir

Le fils que j'aime et que j'espère.....

J'entends du bruit..... Mon fils..! c'est lui ! Doux avenir !

Plus de deuil.......je suis encor mère !

Je le revois !..... Oui, c'est bien lui...,,

Lui dont j'ai vu grandir l'enfance!...:.

C'est lui ! Mes pleurs à sa présence

Ont séché..... ma douleur a fui !...

A C....ie!

Je parlais d'elle.........

17 JUILLET, 7 HEURES DU SOIR.

———◦◦◦———

Je parlais d'elle..... Elle dont les attraits

Sont chaque jour présens à ma pensée;

Je parlais d'elle, et mon ame oppressée

En soupirant exhalait ses regrets!....

Je parlais d'elle à l'ami jeune et tendre

Qui de mes maux adoucit la moitié,

Au seul ami dont la franche amitié

Me parle d'elle en m'aidant à l'attendre.

Je parlais d'elle, à la chute du jour,

Lorsque le soir drapait son crépuscule ;

Lorsque l'abeille entrait dans sa cellule,

Lorsque nature invitait à l'amour !....

Je parlais d'elle, et ma joyeuse ivresse

Se délectait de son doux souvenir ;

Je parlais d'elle... Elle, mon avenir,

Elle, C....ie, objet de ma tendresse !...

Je parlais d'elle, et soudain je la vis,

Soudain je vis ma charmante C....ie :

C'étaient ses yeux, oui, c'était mon amie.

Au doux regard, au gracieux souris!.....

Oui! c'était elle!..... Elle, au bras de sa mère!.....

Songe flatteur..... oh! si C....ie un jour

Daigne agréer mes sermens, mon amour,

Pauvre orphelin....... j'aurai donc une mère!!...

A Madame D....n.

Qui me prodigua les soins d'une mère, pendant mon séjour dans l'Occitanie.

~~~~~~~~~~~~~~~~~~~~

29 Juin 1833.

~~~~~~~~~~~~~~~~~~~~

L'ARRIVÉE IMPRÉVUE !

———◦◦◦———

Déja, de ses rayons, l'astre Dieu couronnait

Les portiques dorés du firmament céleste ;

Déja les feux du soir d'une aile prompte et leste

Fuyaient avec la nuit qui les environnait ;

Déjà l'aube du jour avait paré l'aurore

De sa robe azurée, et zéphyr matinal

De son souffle humectait le pistil virginal

Du calice où dormait quelque ciron encore ;

Déjà j'avais ouï le cri des passereaux

Rassemblant leurs petits cachés sous la toiture,

Pour leur distribuer la douce nourriture

Que répartit le Ciel à chacun des oiseaux ;

Déjà j'avais ouvert mon humide paupière

Qu'un soleil trop ardent brûle de ses lueurs,

Et que baignaient encor quelques-uns de ces pleurs

Que je versai le soir, près du lit de mon père !

Déjà triste, inquiet, pensant à l'avenir

Que me prédit le sort qui chagrine mon ame,

J'essayais quelques vers... quand la voix d'une femme

Vint distraire mes sens, charmer mon souvenir !...

Je l'écoute, et je sens le besoin de connaître

D'où partait cette voix... Je m'habille aussitôt,

Je dirige mes pas, vers..... Ciel ! je vois bientôt

La cause du pouvoir qui maîtrise mon être...

Je vois.... je reconnais, près du seuil paternel,

Une amie, une mère, en bas, et seule assise,

Attendant pour monter de s'être un peu remise

Du voyage imposé par l'amour maternel ! !...

Tel que le malheureux isolé sur la plage ,

Où le flot courroucé vint briser son esquif,

Contemple en savourant, d'un regard attentif,

Le port qui le reçut échappé du naufrage ;

Tels mes yeux à l'envi savourent le regard

De celle qui, long-tems sur la terre étrangère,

Sut m'offrir un asile, une ame , un cœur de mère,

Des soins et des conseils, sans détour et sans fard !...

. . . .

. . . .

. . . .

. . . .

. . . .

. . . .

. . . .

. . . .

A UNE JEUNE VEUVE,

Mère de deux jolis enfans!...

ÉLÉGIE.

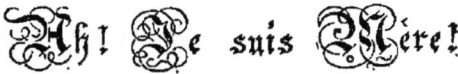

13 Juin 1833.

Ah ! je suis mère !.... Il ne faut pas mourir ;

J'ai deux enfans... une fille et son frère,

Mon seul espoir, mon plus bel avenir :

Ah ! je suis mère !... Ah ! je suis mère !...

Ah ! je suis mère !... Un destin trop perfide

A frappé mon époux de sa faulx homicide ,

Je suis en butte à la douleur ;

Mais..... ses enfans... ma fille et puis son frère

Disent sans cesse : « Il faut vivre, ma mère,

« Nous partagerons ton malheur » !

Ah ! je suis mère !... ô moi, qui viens de naître ,

Moi , qui n'ai vu que quelquefois encor

Le doux printems s'enfuir et reparaître ;

Moi , qui n'ai vu que vingt fois l'épi d'or

Courber son grain sous l'ombrage du hêtre !...

Ah ! je suis mère, et je n'ai plus d'époux !!...

Chagrin cruel.... Mais ma douleur amère,

Jeu malfaisant de mon destin jaloux ,

Se ralentit, quand ma fille et son frère

Viennent tous deux s'asseoir sur mes genoux,

Me caresser et me dire : O ma mère !

« Il faut vivre pour nous » !

Ah ! je suis mère, et ma peine secrète

Est de penser que mes jeunes enfans

N'ont plus de père..... O toi que je regrette,

Toi , dont les jours furent quelques instans !

Bénis au Ciel et ma fille et son frère,

Calme mon mal , dissipe mes tourmens ;

Et pense à moi, qui chaque jour répète,

Pour éloigner des chagrins trop constans :

« Ah ! je suis mère..... Ah ! je suis mère !!... »

JE SUIS UN ORPHELIN

ÉLÉGIE.

Passeport donné au petit Savoyard que j'ai rencontré aux Quinconces, à onze heures du soir, le 20 Juillet 1833.

JE suis un orphelin, moi, je n'ai pas de mère !...

Je n'ai pas un ami ! !... Je suis seul ici-bas,

Tout seul ! car j'ai perdu mon seul trésor, mon père !

Passant, regardez-moi... Ne me repoussez pas !...

J'ai douze ans... je languis, isolé sur la terre !

Je n'ai rien , je suis nu, j'ai soif, j'ai froid , j'ai faim!

Apaisez ma souffrance , apaisez ma misère ;

Ayez pitié de moi , car je suis orphelin ! !..

Ayez pitié de moi ! moi , qui n'ai pas d'asile....

Plus à plaindre cent fois que les petits oiseaux !

Les oiseaux ont un nid dans la mousse fragile

Du chêne aérien , ou des frêles roseaux !

Les oiseaux sont heureux : les oiseaux ont des ailes ;

Ils poursuivent l'insecte, et l'atteignent dans l'air...

Ils vivent, les oiseaux... Mais moi qui n'ai point d'ailes ,

Je me nourris de pleurs !... c'est un pain bien amer !

Quand j'aurai satisfait au vœu de la nature,

Quand un âge plus mûr aura formé mon cœur,

Quand je pourrai gagner.... alors, avec usure,

J'acquitterai ma dette au travail , à l'honneur !

Quand j'aurai de la vie avancé le calice,

Entièrement vidé ce qu'il contient de fiel.....

Peut-être que les cieux, prisant mon sacrifice,

En changeront la lie en doux rayons de miel !

Mais aujourd'hui, faut-il qu'en butte à la faiblesse,

Je succombe à l'excès de mes cruels tourmens ?....

Passant, arrêtez-vous, et plaignez ma détresse,

Secourez l'infortune, écoutez ses accens !

Écoutez... écoutez par pitié pour ma mère,

Qui gémit dans le ciel sur les maux de son fils...

Passant, séchez mes pleurs et remplacez mon père...

Mon père, et ses doux soins que la mort m'a ravis ! !

FIN.